W0302476

La tortue de Téo

Pour Lou, qui aime les tortues
et chanter à tue-tête !
M.

Pour Nina.
C. R.

www.flammarion-jeunesse.fr

© Flammarion, 2024
Éditions Flammarion – 82, rue Saint-Lazare – CS 10124 – 75009 Paris
ISBN : 9782080446077 – N° d'édition : L.01EJEN002316.N001 / 627659-0
Dépôt légal : juin 2024
Imprimé en Espagne par Liberdúplex – avril 2024
Loi n° 49-956 du 16 juillet 1949 sur les publications destinées à la jeunesse.

La tortue de Téo

Texte de
Magdalena

Illustrations de
Charlotte Roederer

CASTOR POCHE

Téo

La tortue de Téo

Je joue pour bien lire

1 **J'écris** le t.

2 **J'entoure** les T / t / t.

T d t F t

t T l t

3 Le train des syllabes.

Lis les syllabes

à voix haute.

4 **Regarde** chaque dessin.

Dis le mot à voix haute.

Entends-tu le son [t]

au début, au milieu

ou à la fin du mot ?

a.

c.

b.

d.

e.

Réponses : a-au début ; b-au milieu ; c-au début, d-à la fin ;
e-au milieu.

Téo a une tortue de terre.

Tous les matins,

Téo chante à tue-tête :

« Tortue, où es-tu ? »

La tortue de Téo est têtue.

Quand Téo l'appelle,

elle reste cachée.

La tortue de Téo est têtue.

Quand Téo a des invités,

elle rentre sa tête.

La tortue de Téo est têtue.

Quand Téo la pose

par terre, elle va vite

dans son trou.

La tortue de Téo est têtue.

Sur la terrasse,

elle laisse ses traces.

Et c'est Téo qui nettoie.

La tortue de Téo est têtue.

Si elle se retourne,

elle reste les pattes

en l'air.

La tortue de Téo est têtue.

Pour sortir, elle tape

dans la clôture.

La tortue de Téo est têtue.

Elle se couche tôt

et se lève tard,

même quand Téo l'attend.

La tortue de Téo est têtue.

Mais Téo est

tout aussi têtu.

Téo a trouvé un truc.

Il appelle :

« Tortue, où es-tu ?

J'ai de la tomate

pour toi ! »

Et sa tortue trotte vite

vers lui.

Je joue pour bien comprendre

1 **Remets** les images dans l'ordre.

a.

b.

c.

Réponse : b, c, a.

2 **Trouve** l'image qui correspond à la réponse.

a. Que mange la tortue ?

 ou 

b. Quand Téo a des invités, que fait sa tortue ?

 ou 

Réponses : a-tomate ; b-elle rentre sa tête.

Retrouve les histoires de **Je rentre en CP**
pour apprendre à déchiffrer de nouveaux sons.

L'anniversaire de Max

Lili et la souris

Un bisou pour Nour

Sacha joue à cache-cache

Zoé fait du vélo

Jules au musée

Le ballon de Manon

La danse d'Antoine

Éloi joue dans les bois

Rose et le roi Médor

Le jardin de Gabin

En classe, Sara !

L'été de Léna

Abel se baigne

Aimad aide sa marraine

Les lunettes de Colette

Paola va à la piscine

Le château d'Auguste

La tortue de Téo

Mia va au marché

Retrouve aussi **Les contes**
dans la même série.

Je déchiffre les contes
AVEC LA VERSION SONORE
Je rentre en CP
Les trois petits cochons

Les trois petits cochons

Je déchiffre les contes
AVEC LA VERSION SONORE
Je rentre en CP
Boucle d'or et les trois ours

Boucle d'or et les trois ours

Je déchiffre les contes
AVEC LA VERSION SONORE
Je rentre en CP
Le Petit Chaperon rouge

Le Petit Chaperon rouge

Je déchiffre les contes
AVEC LA VERSION SONORE
Je rentre en CP
La soupe aux cailloux

La soupe aux cailloux

Je déchiffre les contes
AVEC LA VERSION SONORE
Je rentre en CP
Jacques et le haricot magique

Jacques et le haricot magique

Je déchiffre les contes
AVEC LA VERSION SONORE
Je rentre en CP
Le loup et les sept chevreaux

Le loup et les sept chevreaux

Je déchiffre les contes
AVEC LA VERSION SONORE
Je rentre en CP
Le Chat botté

Le Chat botté

Je déchiffre les contes
AVEC LA VERSION SONORE
Je rentre en CP
Blanche-Neige

Blanche-Neige

Et découvre la collection **Je suis en CP** pour continuer ton apprentissage de la lecture.

NIVEAU
1
Je commence à lire

14 TITRES PARUS

Je suis en CP
C'est la rentrée !

C'est la rentrée !

Je suis en CP
C'est l'automne !

C'est l'automne !

Je suis en CP
Alerte aux poux !

Alerte aux poux !

Je suis en CP
Le réveillon de Noël

Le réveillon de Noël

Je suis en CP

Pédagogie Montessori
Mieux apprendre grâce aux neurosciences

Des méthodes et des cahiers d'apprentissage